Le château de M. Monsieur

Pour mes parents, Lucie et Roland — G. C.

Édition publiée par les Éditions Scholastic, 604, rue King Ouest, Toronto (Ontario) M5V 1E1, avec la permission de Kids Can Press Ltd.

5 4 3 2 1   Imprimé en Chine CP130   13 14 15 16 17

Catalogage avant publication de Bibliothèque et Archives Canada

Côté, Geneviève, 1964-
[Mr. King's castle. Français]
Le château de M. Monsieur / auteure, illustratrice, traductrice, Geneviève Côté.

Traduction de: Mr. King's castle.
ISBN 978-1-4431-2932-9

I. Titre. II. Titre: Mr. King's castle. Français.

PS8605.O8738M5614 2013   jC813'.6   C2013-901172-2

Les illustrations de ce livre ont été faites selon la technique mixte.
Le texte a été composé avec la police de caractères Futura Book.
Conception graphique : Karen Powers et Julia Naimska

FSC
www.fsc.org
MIXTE
Papier issu
de sources
responsables
FSC® C012521

Geneviève Côté

Le château de M. Monsieur

M. Monsieur vit au sommet d'une GRANDE colline.

Il veut y construire un GRAND château.

M. Monsieur aime que tout soit GRAND.

TCHAK! TCHAK! TCHAK!

M. Monsieur taille des blocs pour bâtir son château. Il est trop occupé pour remarquer les GROS trous qu'il laisse derrière lui.

TCHAK! TCHAK! TCHAK!

— Qu'est-ce qui fait tout ce bruit?

Un peu inquiets, les amis de M. Monsieur

arrivent en courant.

— Qu'est-ce que c'est que ces TROUS?

— Qu'est-ce que c'est que ces BLOCS?

Mais M. Monsieur ne les entend pas.
Il est bien trop occupé à travailler.
Bloc par bloc, petit à petit, son château
devient de plus en plus GRAND.

M. Monsieur coupe et empile des blocs jusqu'à ce qu'il n'y ait plus rien à couper, plus rien à empiler.

Enfin, il s'arrête et regarde fièrement par la fenêtre.

— Hum… il n'y a pas grand-chose à voir, s'étonne
M. Monsieur.

Aux abords du château, ses amis commencent à rouspéter.

— Qu'est-ce qui est arrivé à la colline? demandent Otto et Renaud.

— Où est mon coin de sieste préféré? dit Henriette.

— Où sont les fleurs?
ajoute le vieux Jim Panache.

— Où est passée
l'herbe que je grignote
au déjeuner? demande
Sami.

— Où est la réserve de
noix que nous avions cachée?
s'écrient Zep et Zap.

Un par un, ils avancent sous
les fenêtres du château.

Ils regardent tous
M. Monsieur, qui se sent
soudain très petit...

— Oh oh! Je pense que
j'ai fait une GROSSE
bêtise, dit-il après un moment.
Je devrais peut-être tout
replacer...

— OUI! s'écrient ses amis en se précipitant pour l'aider.

Tous ensemble, ils démontent le GRAND château, bloc par bloc, petit à petit.

Et bloc par bloc, petit à petit, ils remettent tout en place comme avant...

... PRESQUE comme avant.

— Il reste encore un morceau, dit M. Monsieur. J'ai bien regardé partout, mais je ne sais pas où il va. Qu'est-ce qu'on en fait?

Après avoir chuchoté quelque chose aux autres, Renaud lui dit :
— Ferme les yeux, nous avons une idée!

Quand M. Monsieur ouvre les yeux, ses amis crient :
— SURPRISE!

Ce soir, au petit château de
M. Monsieur, il y aura une
GRANDE fête et tout
le monde est invité!